# eu, POLIFEMO, o CICLOPE

# A autora

Desde que aprendeu a ler sua primeira palavra no maternal (e essa palavra foi "borboleta"), Sylvie Baussier se tornou uma grande devoradora de livros. Por esse motivo, ela quis trabalhar em meio a eles, os livros, seus grandes amigos. Sylvie foi bibliotecária e, depois, editora de enciclopédias gerais.

Há vinte anos, um de seus textos para jovens foi publicado. Agora, tantos anos depois, a magia continua ali: descobrir e fazer descobrir, sonhar, mudar seu olhar... Graças aos livros, ela acha que podemos nos tornar humanos mais atenciosos uns com os outros.

Para saber mais sobre as suas publicações: http://sylviebaussier.weebly.com/

Monstrinhos
da mitologia

# eu,
# POLIFEMO, o CICLOPE

Sylvie Baussier

Tradução
Carolina Grego Donadio

Planeta minotauro

Copyright © Scrineo, 2020
Copyright © Editora Planeta do Brasil, 2024
Copyright de tradução © Carolina Grego Donadio
Todos os direitos reservados.
Título original: *Moi, Polyphème, cyclope*

*Preparação:* Mariana Silvestre de Souza
*Revisão:* Thayslane Ferreira e Caroline Silva
*Diagramação:* Lilian Mitsunaga
*Capa:* Tristan Gion
*Imagens de capa:* Tristan Gion
*Adaptação de capa*: Renata Spolidoro

Dados Internacionais de Catalogação na Publicação (CIP)
Angélica Ilacqua CRB-8/7057

---

Baussier, Sylvie
 Eu, Polifemo, Ciclope / Sylvie Baussier ; tradução de Carolina Grego Donadio. - São Paulo : Planeta do Brasil, 2024.
 96 p. : il.

 ISBN: 978-85-422-2648-5
 Título original: Moi, Polyphème, cyclope

 1. Literatura infantojuvenil francesa I. Título II. Donadio, Carolina Grego

 24-0628                                                      CDD 028.5

---

Índice para catálogo sistemático:
1. Literatura infantojuvenil francesa

Ao escolher este livro, você está apoiando o manejo responsável das florestas do mundo

2024
Todos os direitos desta edição reservados à
Editora Planeta do Brasil Ltda.
Rua Bela Cintra 986, 4º andar – Consolação
São Paulo – SP – CEP 01415-002
www.planetadelivros.com.br
faleconosco@editoraplaneta.com.br

# Nota da autora

E se os monstros também tivessem uma parte de humanidade?

E se, em cada um de nós, houvesse um canto sombrio escondido, que não quiséssemos ver de verdade?

É comum contar a história do ponto de vista do vencedor. A Batalha de Waterloo, por exemplo, é ensinada como uma vitória dos ingleses e, de certa forma, nada é dito sobre os franceses!

Nas histórias, Ulisses é o herói, e ciclope, o vilão...

E se nos interessássemos mais por aqueles que parecem ser mais frágeis?

Se escutássemos a história deles?

Leitor, leitora, segure minha mão para percorrer esse caminho...

# Os personagens

# POLIFEMO

Polifemo é um ciclope, filho do deus Poseidon.

# Ulisses

Ulisses é filho de Laerte e de Anticleia, filha do deus Hermes. Ele é um herói, ou seja, um semideus com habilidades fora do comum, mas mortal, como os seres humanos. Ele é o rei da ilha grega de Ítaca.

# OS COMPANHEIROS DE ULISSES

São os gregos que, como Ulisses, cercaram a cidade de Troia, na Ásia Menor, e estão tentando voltar para casa após vencerem a guerra.

# POSEIDON

Poseidon é o deus do mar e dos oceanos. Ele também é irmão de Zeus e o pai de Polifemo.

# OS OUTROS CICLOPES DA SICÍLIA

Segundo Homero, os irmãos de Polifemo vivem na mesma ilha que ele, conhecida como Sicília, no sul da Itália.

# Capítulo 1

"Perdi de novo!" Estou pensando nisso mais uma vez. O sol está a pino no céu, e, debaixo dos seus raios brilhantes – pingando de suor –, tento pegar uma ovelhinha que se afastou do meu bando. Eu pensei que ela já estava bem perto da minha mão gigantesca... mas ela estava bem longe no planalto! Será que uma simples ovelha ousaria me desafiar? Logo eu, que sou filho de Poseidon! Com raiva, dou murros na terra com meus grandes punhos, e ela se treme todinha, como se me respondesse.

Vivo numa ilha. Ela é muito grande, assim como meus passos... Mais cedo ou mais tarde vou recuperar esse bichinho.

Um pouco mais calmo, me deito na grama, com o olhar perdido no azul do céu brilhante, respiro a grama dos meus campos. Neste momento, minha ovelhinha assustada se aproxima de mim e coloca seu focinho úmido no meu pescoço. Enquanto me levanto devagar, ela continua ao meu lado, me seguindo até a gruta onde vivo. O que se passou na sua cabecinha? Agora, ela percebe que não quero fazer mal a ela. Ela veio reencontrar seu pastor bonzinho. Sim, deve ser isso.

Vocês sabiam que eu sou um ciclope? Tenho dois rascunhos de olhos que parecem os de um ser humano, mas as pálpebras são sempre fechadas. Eles não me ajudam a enxergar de verdade. Mas tenho um único olho, grande e que se abre no meio da minha testa. Ele é capaz de ver de longe as coisas escondidas, até os seres mágicos.

Os outros da minha espécie também são assim. Por que eu, filho de Poseidon, não tenho dois olhos como o meu pai e esses serezinhos que às vezes passam de barco por aqui? Não tenho a menor ideia. Não estou dizendo isso por inveja, pois não tenho a mínima vontade de me parecer com esses humaninhos que pensam que eu e meus irmãos somos grosseiros. Isso não quero mesmo!

O meu olho é grande, de um verde-escuro como o verde do mar bravo. Eu o acho bonito. E ele me permite enxergar perfeitamente. Mas não consegue calcular a distância entre mim e as coisas. Que mistério é esse? Será que meus irmãos ciclopes sabem a resposta? Acho que eu até já perguntei para eles, mesmo com medo de que rissem de mim. No meu dia a dia tudo é tão igual que, às vezes, eu acabo me esquecendo das coisas.

Por enquanto, foco nas minhas tarefas do fim do dia, como, por exemplo, levar minhas ovelhinhas e cabras para o grande pasto que existe em volta da minha casa selvagem.

O lugar onde fica a minha casa é protegido pelas pedras que eu carreguei até lá. Há também alguns pinheiros e carvalhos que cresceram em volta da minha gruta.

Em seguida, caminho em direção aos loureiros que escondem a entrada da minha gruta – meu refúgio. Entro e, no buraco da montanha, coloco as ovelhas e seus filhotes, tiro o leite delas e cuido dos animais que estão doentes.

Nossa, mas que paz é a minha vida, durante tantas luas e muitos anos! Amo as manhãs e as noites cheias de sons e cantos de pássaros, o cheiro do feno e dos queijos feitos no dia anterior. Adoro me levantar bem cedinho, longe de qualquer um que fale uma língua humana, tirar leite das ovelhas e das cabras, retirar a pedra que bloqueia a entrada da minha gruta e olhar o céu azul que se expande por toda a minha ilha. A ilha dos ciclopes, perdida no meio das ondas.

Depois que minhas tarefas acabam, sigo pelo caminho que sobe entre as trepadeiras e os arbustos retorcidos pelo vento. Como costumo fazer em toda noite de lua cheia, vou encontrar meus irmãos num planalto que existe no meio da ilha. Posso ver o brilho do fogo que eles acenderam. Já é noite faz tempo.

Quanto silêncio! Ninguém está em nossa grande rocha. Só ouço os uivos de alguns lobos, o canto dos pássaros do mar, os murmúrios das ondas e do vento... enfim, a música selvagem da nossa liberdade.

Dou "oi" para eles; nos sentamos, comemos um pouco de carne. Em seguida, depois de uma longa inspiração, eu digo:

— Mais uma vez uma das minhas ovelhas escapou essa tarde.

— Comigo foi ontem! — exclamou meu irmão mais velho, um resmungão cujo rosto está escondido na escuridão.

— Comigo é dia sim, dia não! — comenta o segundo irmão. — Elas voltam quando querem.

— Um lobo comeu uma ovelha minha, há dois dias — acrescenta o terceiro, com a boca reluzindo com o brilho das chamas.

Continuo, preocupado:

— Os humanos são tão atrapalhados quanto a gente?

— Acho que não — suspira meu irmão que teve o animal comido. — Quando um dos barcos deles se aproxima da nossa ilha, vejo eles manobrando a embarcação, e não hesitam como a gente. Os gestos deles são mais precisos e certeiros.

— Você já perguntou isso, Polifemo! — irrita-se um dos meus irmãos. — Não é só o olho que tá com defeito, mas também a sua memória...

— E talvez algo mais?

Pronto, começou de novo. Eles ficam tirando sarro de mim, como se isso fosse um passatempo qualquer, eles me acham fraco. Só porque quero saber sobre as coisas e sou gentil quando não me provocam. E se eu desse um murro neles com meus grandes punhos? Talvez eles só estejam esperando a gota d'água da minha parte para se lançarem uns contra os outros ou para me derrubarem. "Nada melhor do que uma boa briga" é uma expressão que eles dizem bastante, desde quando éramos crianças que corriam entre os bosques e campos da nossa ilha. Quer dizer, eles corriam. Já eu, preferia ficar deitado na grama olhando as nuvens... E eles me fazem pagar por isso, às vezes, com brincadeiras, outras com xingamentos. Mas agora deixo isso para lá. Não quero mais ser o saco de pancada de ninguém.

Eu me levanto em silêncio, dando um "tchau" baixinho, que eles respondem sem nem perceber. Volto para minha gruta, que cheira a queijo fresco, deixando todos à luz da figueira e com suas risadas desagradáveis.

Penso de novo no que me disseram. Nenhum dos meus irmãos sabe a origem da nossa condição. Para quem mais eu poderia perguntar? Nenhum ser humano mora na minha ilha, como eu já disse. Mas isso também não me incomoda. Os poucos marinheiros que param por aqui para beber água zombam da gente. Não só de mim, mas também dos meus irmãos ciclopes. Eles apontam os dedos para nós, cochicham entre eles e depois caem na risada.

Mas de longe, pois eles sabem que um único golpe nosso pode esmagá-los como se fossem formigas. Eles sabem que, se eu ficar nervoso, posso comer todos eles sem nem mastigar.

Talvez saibam quantos somos. Um ciclope é perigoso, mas três, quatro... As pessoas que estão em um barco não teriam forças para resistir, caso resolvêssemos esmagá-lo. Então, eles ficam longe... riem que nem uns covardes, antes de saírem correndo para o navio e voltarem para o mar.

Poseidon, meu pai, ó deus dos mares, você que comanda as águas calmas e agitadas, por que não me defende deles?

Por quê?

Você quer que eu me vire sozinho? Eu sei que não sou mais criança e que minha força é enorme.

E mesmo que me achem bobo, eu sei martelar o couro para fazer caldeirões, meus queijos são incríveis, meus animais são numerosos e bem cuidados... quem se importa com o que falam de mim?

# Capítulo 2

Assim que amanhece, solto minhas ovelhas, meus carneiros e minhas cabras do cercado. É hora de levá-los para pastar, na grama cheia que os alimenta tão bem.

No caminho de volta, passo pelo alto do penhasco e paro por um momento, pois me sinto indeciso. No mar, consigo enxergar um ponto. Será que é uma baleia? Um tubarão gigante? Um navio pirata? Ou poderia ser um feitiço criado pela imaginação do meu pai?

Aperto meu olho para tentar ver melhor, mas nada. É igual quando tento pegar um dos meus animais assustados ou doidos por liberdade. As distâncias continuam sendo um mistério para mim.

A manhã vai ser cheia, pois preciso cuidar da pata do meu carneiro mais bonito. Mas quando toco nele, fica desconfiado e foge das minhas ordens.

— Estopa, volte aqui!

Esse nome me veio à cabeça por causa do seu pelo lindo, e ele sempre me atende. O pelo é, ao mesmo tempo, macio e áspero, e, quando enfio minhas mãos nele, elas quase desaparecem. A gente se entende, eu e Estopa.

— Estopa, vem mais perto!

Meu carneiro preferido, o mais forte do rebanho, está me esperando. Mas quando acho que vou pegá-lo, ele escapa das minhas mãos saltando um pouco e mancando. Essa perseguição me leva até o rio. Ali, acabo me esquecendo dos meus animais. Observo que, nas ondas, aquele ponto está muito maior. Não é mais um mistério, eu vejo um navio grego. Um grande barco, com a vela esticada pelo vento e vários remadores, que vem em direção a minha ilha.

Será que são marinheiros que vão parar por aqui para encher suas garrafas de água fresca? Eu me escondo para observá-los.

Realmente, não curto humanos.

Eles acham que somos bestas.

Eles acham que somos feios.

Será que eles sabem quem é o nosso pai? Será que eles sabem que somos semideuses?

Sei que, para além dos humanos e dos deuses do Olimpo, quem reina é o destino. Contra ele, ninguém pode fazer nada. Há muito tempo, um oráculo previu uma coisa terrível para mim.

Ele me disse estas palavras:

— Um dia, um homem chamado Ulisses vai te fazer sofrer.

Eu quis saber como.

— Sofrer como?

— Muito além do que você pode imaginar.

Em seguida, ele ficou em silêncio, para sempre. Então, a minha mente começou a viajar, imaginando torturas elaboradas, afogamentos, sufocos, chamas do inferno, ataques de monstros, e esse tal de Ulisses, um desconhecido, liderando uma dança de morte.

Pouco a pouco, fui esquecendo a profecia do oráculo. Às vezes o medo invade minha mente, mas o encaro e o espanto para longe do meu pensamento. Em seguida, volto para os meus bichos, que preciso olhar, alimentar, tosar...

Mas cada vez que vejo algum humano pela ilha, lembro da ameaça do destino e me pergunto: "Será que um desses marinheiros é o tal Ulisses?".

O navio encosta. É uma embarcação de casco velho e de velas remendadas. Por um momento que me parece eterno, ninguém desce. O vento me traz pedaços da conversa animada dos gregos:

— Ir sozinho. Alguns apenas... — diz uma voz grave e mandona.

— Sem chance, eu vou com você! Desde os combates de Troia, a gente sabe que é melhor tomar cuidado... sem contar todos os encontros ruins que a gente teve nesse caminho de volta, que deveria ser tão rápido e que não acaba nunca.

— Eu também quero ir pra ilha!

— E eu! Eu sei reconhecer as plantas que podem ser comidas.

— Posso levar duas garrafas cheias sozinho!

O primeiro que falou, com certeza era o capitão. Diz:

— Quem vai cuidar do navio?

Silêncio. Ele volta a falar grosso:

— Não tem como todo mundo descer.

Esse grego não é grande. Perto de mim, ele é um homenzinho minúsculo.

Seu rosto bronzeado me faz pensar em longas viagens. Os músculos de seus braços brincam debaixo da sua túnica simples. Nos seus cabelos compridos e enrolados, em sua barba cheia de nós, eu vejo uma história cheia de aventuras. Ele não convenceu todos os seus marinheiros. Um deles diz:

— A água doce não vai encher nossa barriga! As nossas reservas de comida estão acabando. Quanto tempo vamos durar?

— Ele tem razão — afirma outro marinheiro. — Basta ter ventos contrários pra jogar a gente, cheios de fome, pra sabe-se lá que lugar... antes de finalmente chegar à sua ilha, ó rei de Ítaca. A viagem era pra ser curta, não é? Pois é, e aqui estamos, passando por um perigo atrás do outro, e seu objetivo parece cada vez mais distante.

O capitão olha para longe. Para o lado do mar e depois, para a terra. Os outros prestam atenção. Ele levanta o braço e escolhe doze de seus companheiros.

— Você, você, e você... e você... venham comigo. Peguem as garrafas.

— E se a ilha for habitada?

— Peguem também alguns...

As últimas palavras vão embora junto com o vento. Fecho as mãos em sinal de raiva. Peguem também... o quê? Trata-se de um presente ou de uma arma? Ou os dois ao mesmo tempo? Então, doze homens saem do barco... os outros ficam.

Volto a caçar o carneiro... afinal, esses marinheiros estão com tanta vontade de voltar logo para casa quanto eu estou de ficar longe deles. Eles vão pegar água, colher frutas, talvez roubar uma ovelha do campo. Nada disso importa.

Finalmente consigo pegar o Estopa. Cuido da sua pata. Logo noto que o arranhão não vai lhe trazer maiores problemas.

O sol vai se pondo no horizonte. O canto dos grilos e dos pássaros, o ruído das ondas batendo nas pedras da minha ilha... Eu percebo que meu universo está no lugar, em movimento e parado, do jeito que eu gosto.

Meu estômago ronca e me dá umas ideias do que jantar esta noite: carne de carneiro crua, um queijo, algumas azeitonas e um pouco de água fresca.

*Huumm...*

De repente escuto a voz dos homens!

O navio grego continua ali parado. Por que será? Será que sofreu um acidente?

O grupo que veio buscar alimentos e água voltou para o barco? Com o cair da noite, não tenho certeza. Mas onde essas pessoas poderiam estar senão em sua embarcação?

Não estou gostando nada disso.

Nada mesmo.

# Capítulo 3

Os gregos estão aqui!

Do topo da costa alta eu os vejo. Eles continuam andando no solo da nossa ilha. Será que meus irmãos ciclopes os viram? De todo modo, nenhum deles veio falar comigo.

Vejo esses serezinhos se curvando com o peso dos recipientes com água. Então, se eles já estão cheios de água, o que mais querem aqui? Com Estopa ao meu lado, vou buscar as ovelhas para colocá-las no cercado. O uivo dos lobos, lá longe, me apressa o passo. Rapidinho, encontro meus bichos. Contra o tom alaranjado do sol, já metade engolido pelo mar, ainda vejo os estrangeiros. Como se estivessem à minha frente.

Cem passos diante de mim, eles caminham pela estreita passagem entre as montanhas e os pastos.

*Eles estão entrando no meu cercado!*

*Que atrevimento!*

*Agora estão entrando na minha gruta.*

*Será que eles não estão vendo que esse lugar é habitado?*

Talvez sejam piratas ou ladrões querendo saquear o lugar; levar coisas que não são deles, mas que desejam ter. Se esse é o objetivo deles, eu não vou deixar. Não vou deixar que façam isso *comigo*.

Se são apenas marinheiros perdidos e com medo, eu vou recebê-los.

Eles sumiram. Talvez estejam descansando.

Enquanto isso, tem algo mais urgente acontecendo, pois as ovelhas berram. As tetas carregadas de leite as fazem sofrer e elas esperam ser ordenhadas. Esse trabalho rotineiro me acalma e, por um momento, esqueço dos intrusos. Assim que meus bichos estão acomodados, guardo comigo as mães e os cordeirinhos mais jovens: eles vão dormir comigo na gruta, protegidos. Como sempre. Lá dentro, tem bastante espaço para todos, apesar do meu tamanhão.

Antes de entrar em minha casa, que fica numa gruta da montanha, fico de olho na entrada.

Inacreditável! Esses gregos estão devorando os meus queijos!

Treze homens riem, todos estão com a boca cheia das guloseimas feitas por mim.

— Só estão faltando as azeitonas! — brinca um deles.

Eles se comportam sem nenhum pingo de educação. Será que eles iam ficar felizes se eu entrasse na casa deles para pegar suas comidas e roubar seus bens? Mas, para eles, sou só um pobre ciclope, um pastor sem importância.

Fico parado por um momento, ainda de pé no crepúsculo que esconde os arbustos e as ovelhas.

Mesmo assim... se eles tivessem vindo me encontrar... se eles tivessem pedido alguns cordeiros para alimentar o pessoal... acho que eu teria dado para eles. Ou trocado por algum bem. A menos que eles estejam me esperando para me dar um presente. Será? Agora me sinto culpado pelos meus maus pensamentos. Com certeza, eles são honestos. Afinal, por que não seriam?

Neste momento, minha gruta está agradavelmente iluminada. Eles pegaram uns galhos do meu depósito e fizeram uma fogueira. O frio vem do mar, desce do céu estrelado, cobrindo tudo. Eu também quero o calor do fogo, mas ainda tenho um pouco de medo de entrar na minha gruta. Depois de observar com atenção, colo a orelha na entrada. O que estão dizendo? Ainda estão sonhando com as azeitonas?

— Vamos — diz uma voz. — Temos tudo o que precisamos até a próxima parada.

— De jeito nenhum — responde aquele que está no comando.

— O que mais você quer?

— Vamos esperar a chegada do pastor que mora nesta caverna.

— Por que você precisa dele? — interroga um outro.

— Quero lhe pedir que nos dê um presente.

— Um presente? Mas não é a gente o estrangeiro aqui? Não somos nós que deveríamos dar um presente para o nosso anfitrião?

O chefe repete de um jeito brincalhão:

— Sou um rei grego, ele me deve obediência, respeito e honras.

Fico sem palavras. É essa a noção deles de hospitalidade? Eles me roubam, e eu ainda tenho que agradecer!

Meu corpo grandalhão está tremendo muito, a raiva que sinto embaça minha visão e fico sem audição, mas respiro fundo para controlar a minha ira.

Meu corpo gigantesco volta a reagir e começa a se mexer. Entro na minha caverna, em que, até hoje, achava que ninguém poderia entrar. Meus passos pesados fazem o chão tremer. De repente, não há mais barulho de gente, os intrusos ficam calados. A única coisa que dá para ouvir é o barulho das ovelhas mais frágeis que eu deixei ali durante o dia e daquelas que trago nesse começo de noite. Se eu confiasse no que sinto, acharia que estou sozinho, como todas as manhãs e noites.

Pela primeira vez, sinto medo. Os homens podem ser umas dez vezes menores que eu, mas, ainda assim, sinto a determinação na voz deles e a esperteza no silêncio que fazem.

O que vai acontecer? Eu me sinto forte, mas tão sozinho de repente. Ah, se os meus irmãos viessem... mas eles nunca entram na minha casa. Nossos encontros sempre acontecem no meio da ilha, bem longe daqui. No meio da minha gruta, há a fumaça do fogo apagado às pressas, com certeza apagaram quando me ouviram chegando; é a prova de que eu não estava imaginando. Tem alguma coisa acontecendo.

Tem intrusos na minha casa.

Como vou enfrentá-los?

# Capítulo 4

Minhas ovelhas entraram, as mais novinhas coladas nelas, fazendo barulho. Eu sei o que preciso fazer.

Preciso me tornar o dono do jogo. Na verdade, eu já sou um pouquinho, os gregos com certeza me acham muito bobo para conseguir adivinhar a presença deles, mesmo com os resquícios de fogo.

Que tolos! O silêncio deles não consegue esconder nem a fumaça nem o cheiro ruim de seus corpos quentes e sujos.

Eles podiam pelo menos terem se lavado no rio!

Mantenho as chamas acesas, coloco um pouco mais de lenha nas brasas ainda vermelhas. Meu sopro, mais forte que uma bomba de ar, dá vida aos vestígios laranja e vermelhos. Vejo tudo bem claro e perfeito.

Como toda noite, fecho minha casa e empurro a grande rocha que tapa a entrada. Eu a acho pesada. Quer dizer, nenhum ser humano comum poderia mexer essa porta gigante, feita para meu tamanho colossal.

Os ladrões viraram os meus prisioneiros. Eles não quiseram entrar na minha casa? Muito bem. Agora eu os tenho à minha disposição, e eles não podem mais sair. A armadilha está feita.

No ambiente não há nenhum barulho, a não ser o dos meus bichos. Os intrusos continuam em silêncio, devem estar à espreita nos cantos sombrios da gruta. Eles não sabem que eu sei que estão lá, tentando camuflar seus corpos com a noite.

Por um momento, sou tentado a deixá-los em paz, mas me lembro das falas zombeteiras do chefe deles: "eu quero pedir que ele nos dê um presente". Ele vai me pagar por essa, mas onde será que eles se esconderam? Creio ver uma sombra se arrastando de um canto para o outro. Estico a mão, mas erro por uma boa distância – uma boa distância para o meu tamanhão.

Escuto uma gargalhada em resposta à minha tentativa falha. O zombeteiro cometeu um erro e ele vai lhe custar caro. Vou fazê-lo pagar o preço mais alto: não se tira sarro de um semideus, e não se tira sarro de mim. Não aguento mais. O som do riso me indicou exatamente onde está o homem que eu acabei de perder. Dessa vez, eu o pego. Oh. Ele quase fugiu de novo! Peguei-o pela sandália direita, minha outra mão o pegou pelo calcanhar esquerdo. O grego não está mais rindo. Agora, suspenso no ar, de ponta-cabeça, ele chora:

— Me poupe, eu imploro!

— Você pensou nisso antes? Em algum momento você pensou em quem mora neste lugar?

— Mas eu... segui o chefe...

— Então, você é como uma ovelha, se você segue ordens assim.

— Eu...

— Eu nada.

Aproximo o grego de meu olho para ver de perto o pânico em seus olhinhos, então o como de uma só vez, de roupa e tudo. Depois, bebo um gole d'água para me ajudar a engolir essa refeição um pouco indigesta.

Fico em dúvida agora. Será que era ele mesmo que estava rindo? Será que poderia ter sido outro, um pouco mais longe? Aquele com a sombra esticada pelo fogo... Pego o segundo homem e o faço passar pelo mesmo caminho do primeiro. Não tenho mais fome e minha raiva passou.

Só quero que me deixem em paz. Mas com tantos homens escondidos na minha gruta, como vou dormir tranquilo? Quem sabe o que esses ladrões, esses bandidos, estão tramando?

Sento-me pesadamente perto do fogo e coloco algumas lenhas para esquentar meu corpo grande.

As sombras se afastam de repente, mas percebo melhor as ovelhas e os filhotes. Algumas, em grupo, grudam umas contra as outras olhando fixamente para um ponto. Dali, sai um homem. Ele também quer virar refeição, será?

Ele começa a falar, mas não entendo, na hora, o que está dizendo. É a voz dele que me pega de supetão. Uma energia enorme sai de seu ser, como ondas de vida. Depois, sua fala me encontra, e faz sentido o que ele está falando. Ele diz:

— Ó ciclope, dono deste lugar, perdoe a invasão, me comportei como o guerreiro que fui na cidade de Troia. Durante dez longos anos, nós esperamos embaixo das muralhas para que os habitantes se rendessem.

*É o capitão. Tenho certeza. Eu consigo reconhecer a sua voz, apesar de tudo.*

— Você ganhou?

Ele engrandece sem perceber, seus olhos brilham, e o fogo que eu mantenho aceso encontra aquele que queima no seu coração. Ele responde com arrogância:

— Claro que sim! Somos fortes. E além disso, os deuses e deusas estavam do nosso lado. Atena me acompanhou por todos os lugares. Ela é a deusa da sabedoria e da paz, a mais inteligente, e eu sou o homem mais inteligente.

Eu lhe digo:

— Mas nessa noite ela não tá aqui.

Ele sorri de canto:

— Como você sabe?

Minha irritação aumenta um pouco. Ele percebe, porque acrescenta rapidinho:

— Assumo a culpa pelos meus homens, ó ciclope. Não os castigue mais. Para acalmar sua raiva, quero te dar um presente.

Mas agora há pouco, eu o tinha ouvido dizer que ele queria me pedir um presente. Também me lembro de suas palavras antes de descer do barco. Ele queria trazer alguma coisa, não sei o que era. Talvez ele esteja falando a verdade.

— Do que você tá falando?

— Do vinho mais doce, mais frutado e mais conhecido do mundo. A gente trouxe para você.

Vinho! Experimentei faz tempo, com meus irmãos. Isso faz a cabeça girar. É gostoso. Há anos que eu só bebo da água do rio. O presente me parece tentador.

— Ele é tão bom como você diz?

Ele afirma:

— O mais doce de verdade... foram os cícones que nos deram. É quase tão bom quanto o néctar dos deuses. Você quer experimentar?

Fico em dúvida.

Talvez esse grego tenha realmente compreendido que errou...

# Capítulo 5

Quaisquer que sejam as intenções do chefe grego agora, lembro de novo do que ele falou quando não sabia que eu o estava ouvindo. Ele queria que eu lhe desse um presente. Bom, vou satisfazer o seu desejo... de uma certa forma. Declaro em um tom solene:

— Grego, vejo em você um chefe. Você tem autoridade e atitude.

Ele sorri e responde:

— É verdade que sou o rei de uma ilha, e os guerreiros me obedecem.

Ele gosta de ser elogiado, diríamos. Ele me diverte, mas continuo o meu raciocínio:

— Você me deu vinho, eu agradeço. Se ele for tão bom quanto você diz, da minha parte, eu te ofereço...

— Sim?

— Uma promessa.

— Uma promessa? Explique-se, ciclope.

— Bom, eu prometo – e Poseidon, meu pai, é testemunha – que vou comer você por último. Quero dizer, depois dos seus seis companheiros que sobraram. Você está feliz com essa notícia?

Ele fica em silêncio.

Eu seguro o riso.

O grego volta sem uma palavra e faz um sinal. Um dos homens coloca em seus pés um recipiente de vinho, feito de pele de cabra, antes de voltar a se esconder à sombra. Entendo sua pressa: a promessa que acabei de fazer o torna uma futura presa. Mas por enquanto só quero beber.

Vou buscar uns grandes copos que estão num canto. Apresso-me a colocar água para cortar o vinho – sempre vi meus irmãos fazerem isso –, mas meu hóspede para o meu gesto.

— Esse vinho é uma iguaria. Experimente-o puro, mesmo que não seja a tradição grega. Se depois você o achar muito forte, coloque água.

Que coragem ele tem! Falo bem alto:

— Eu achar um vinho muito forte? Você está de brincadeira, homenzinho. Beba comigo!

Dou a ele dois copos que ele enche até a borda. Tateio para pegar o meu, sem sucesso. O grego o coloca com pressa na palma da minha mão e diz algumas palavras que me deixam imóvel como uma pedra:

— Não tenho mérito por ver. Com dois olhos, vemos melhor. Se tapo um deles, vejo o mundo todo reto. Com os dois, cria-se a profundidade. Percebo que certos objetos estão longe de mim e outros bem pertinho.

Ele acaba de me dar uma explicação de por que minhas mãos sempre se perdem do meu alvo.

Não lhe darei o prazer de agradecer. Mas no próximo encontro, vou contar aos meus irmãos ciclopes. Vou impressioná-los, com certeza! Quer dizer... acho.

Dou o primeiro gole. Essa bebida é suave, açucarada, frutada... parece um néctar.

O segundo gole é um pouco mais longo, eu me sinto bem.

No terceiro gole, minha cabeça gira.

Meu copo está vazio. O do grego também. Eu me surpreendo:

— Você bebeu o mesmo que eu? Você, tão pequeno assim?

— Claro, o que você acha? Quando a gente está no campo de batalha, a gente bebe pra aumentar a nossa coragem. Estou acostumado.

Aham. Vou observar mais de perto o que ele faz... Se eu lembrar... Porque ele enche meu copo novamente e não consigo evitar beber, é tão bom... Levo a cabeça para trás, o líquido cai na minha garganta como um mel que queima. A gruta começa a girar ao meu redor. Ela balança de um lado para o outro, ela gira. Vejo o grego jogando fora o vinho e penso: *Que desperdício*, mas a minha alma se atrapalha e eu não sou mais capaz de ficar sentado. Deito perto do fogo, fecho meu olho e durmo.

Mergulho num sonho cheio de barulhos e formas, ao lado de Hades e de Perséfone, deus e deusa do mundo subterrâneo, para onde vão os mortos. Hades grita: "Bem-vindo aos infernos, Polifemo, filho de Poseidon!". Queria responder que estou vivíssimo da silva, que só as almas dos mortos vão para o submundo, mas não consigo dizer uma só palavra. As chamas me rodeiam, há também muitos barulhos, vozes apressadas, ordens sendo dadas... Um barulho, como se alguém riscasse o chão com uma das varas que coloco nos troncos de árvore.

Então, meu sonho se torna uma alternância entre frio e calor, total escuridão e luminosidade ofuscante. Um fogo voando se aproxima do meu rosto, depois, sinto uma dor enorme e tudo se apaga. Quero colocar a mão no meu olho que está queimando, mas não consigo. Novamente, o sofrimento me atinge de uma forma insuportável.

Sem mais vigília ou sonho, sem calor ou frio; desmaio.

---

Eu acordo. Quanto tempo se passou? Uma noite? Uma vida? Imóvel, tento lembrar o que aconteceu. É difícil. Sinto uma dor horrível no meu olho e em todo o meu rosto. A dor me toma por inteiro. Quero olhar ao meu redor, mas não consigo mais.

É Poseidon que me envia imagens? Vejo, dentro de mim, os gregos pegando uma das minhas varas e colocando a ponta no fogo; vejo-os levando essa arma em minha direção, apontando-a para o meu olho e a espetando ali dentro...

Eles me deixaram cego.

O que vai acontecer comigo?

O terror toma conta de mim.

# Capítulo 6

Não enxergo mais nada. Meu olho está destruído. Eu que reclamava de só ter um olho, agora me arrependo amargamente. Que ironia! Mas outras mudanças acompanham essa terrível cegueira.

Meu nariz percebe melhor cada cheiro. Sinto o cheiro do queijo, das ovelhas, das cabras e depois um outro... o suor dos gregos, um cheiro ácido e forte, que me atinge. Minhas mãos estão em um uma superfície fria e torta. Cada um dos meus dedos sente sua resistência, sua dureza. É o chão da minha caverna. Meus sentidos estão mais afiados do que antes.

Sem visão, descubro um mundo de cheiros, gostos – o amargo na minha boca – de informações táteis... e sons! Os gregos podem até cochichar entre si, que eu entendo claramente suas vozes. Mas onde está o capitão deles? Ou será que ele continua em silêncio? Por que eu não escuto a voz dele? Os outros parecem estar discutindo meu destino.

— Você acha que ele morreu?

— Não. Olha, ele tá se mexendo.

— Ainda bem que ele tá vivo — diz o outro.

— O que você tá dizendo?

— Pensem... Se um ciclope não tirar essa rocha que tapa a entrada, quem de nós que vai conseguir tirar? A gente morreria aqui...

— Mas agora ele não vê mais nada, a gente pode ser esmagado que nem mosca enquanto ele procura a saída!

— A gente vai ser mais esperto que ele — diz o líder dos gregos.

Como sempre, os outros ficam quietos quando ele fala. Eles confiam em seu julgamento.

Um pensamento agita a minha cabeça. Não, não exatamente um pensamento, uma lembrança confusa... Algo meio desagradável. Bem desagradável. Uma ameaça em torno de mim, escura, feia. Ah, sim, já sei. A previsão do oráculo, outra vez: um homem chamado Ulisses vai me fazer mal. Então, eu me dou conta de que não sei o nome do chefe desse grupo de marinheiros cruéis.

Eu me sento com cuidado, pois minha testa está doendo muito. Percebo a intensidade dos olhares sobre mim. O que eu faço? Não vai adiantar nada gritar minha raiva e minha desesperança.

Pergunto:

— Como se chama, você que ousou atacar Polifemo, filho do deus Poseidon?

— Eu me chamo "Ninguém" — responde o líder dos gregos.

"Ninguém"? Estranho. O que os pais dele tinham na cabeça para o chamarem assim? Mas a dor me impede de pensar muito nesse assunto.

De toda forma, fico aliviado, ele não se chama Ulisses, o homem cuja chegada eu temo tanto. Ulisses ou não, faço em silêncio uma promessa de me vingar dos meus torturadores. Esse "Ninguém" não vai escapar.

Grito tão forte que até eu me assusto:

— Meus irmãos, socorro! Venham rápido, estão tentando me matar!

Por um momento, tudo fica em silêncio. Ouço com atenção. Apesar da muralha, meu chamado é ouvido, percebo os passos dos outros ciclopes, suas exclamações. Cada um saiu de sua gruta e veio me ajudar. Os gregos vão ver do que somos capazes. Se ao menos eu pudesse me levantar e mover a rocha que fecha a minha gruta... mas ainda estou muito mal. Muito, muito mal. Do lado de fora, ouço as vozes que conheço bem. Vozes que, pela primeira vez, fico feliz em ouvir.

— O que tá acontecendo, Polifemo?

— O que tá acontecendo?

Grito:

— Os humanos me atacaram!

— Humanos? Esses tampinhas?

— Sim... um monte deles! Socorro!

— Não estamos entendendo nada — grita um outro irmão.

— O chefe do navio entrou com seus homens na minha caverna, eles comeram meus queijos e zombaram de mim.

— Que nem a gente, Polifemo. Todo mundo gosta de brincar com você, é assim mesmo.

— Eu não chamei vocês pra caçoarem. Enquanto eu tava dormindo, esses homens espetaram meu olho!

Um falatório aumenta do lado de fora da gruta! Se pelo menos eu tivesse força para fazê-los entrar!

— Vamos te vingar! Quem te torturou?

— Ninguém!

— Como assim? — diz indignado um dos meus irmãos. — Você não tá falando nada com nada. Se é só pra acordar a gente no meio da noite, isso não tem graça. Você diz que ninguém te atacou? Durma bem, então.

— Você vai pagar caro no próximo encontro — diz o meu irmão mais reclamão.

— Juro pelo rio Estige que...

— Vamos, não piore sua situação, Polifemo. Você já está irritando a gente, poupe a ira dos deuses!

Eles vão embora. Eles zombaram de mim mais uma vez.

Risos irrompem na minha caverna. Claro, os gregos se divertiram com essa conversa. Continuo sendo alvo de piadas. Esses humanos continuam me achando um bobo, e graças a eles eu não consigo mais enxergar. Eles se sentem mais fortes que nosso grupo de gigantes. Tudo isso porque somos pastores, não reis ou marinheiros.

Eles verão quem é Polifemo. Vou mostrar para eles.

Assim que eu tiver menos dor.

Assim que eu tiver mais energia.

Assim que...

# Capítulo 7

Caio de novo num sono febril. Fico agitado e meu sentimento de impotência é multiplicado pela dor física. Como sou lerdo! Claro! O líder dos gregos afirmou que se chamava "Ninguém". Ele fez de propósito. Sabia que se meus irmãos viessem, eles não acreditariam em mim. Então, ele sabe da existência deles e seus truques são incríveis. Com certeza, ele pensou no que aconteceria se eu pedisse ajuda. Como ele previu, acabei fazendo papel de trouxa.

Estou machucado no corpo e no coração e totalmente sozinho.

Ovelhas, carneiros e cabras fazem barulho e se mexem mais agitados na cama de feno. O amanhecer deve estar chegando, meus animais precisam dos meus cuidados. Guiado pelo barulho que fazem, me aproximo deles.

Sinto a perna do carneiro Estopa, pois é impossível confundi-lo com outro. Ele parece curado. Ordenho as fêmeas e coloco o leite nos recipientes que deixei organizados ontem à noite. Ontem à noite... Faz uma eternidade! Naquela época, minha vida era tranquila e eu via o mundo, mesmo que imperfeitamente... Nunca mais vou poder ver o mar, o céu azul, os louros em flor! Mas pego meus animais com mais facilidade que antes. Quem diria? No entanto, é a verdade! Meus sentidos estão mais aguçados, pelo menos, eles me ajudam.

De repente, Estopa fica muito agitado. Eu escuto ele chutar e depois fazer um som esquisito. De repente, mais nada. Talvez um inseto o tenha picado.

Vou em direção à entrada da minha gruta, com as mãos esticadas por precaução. Estou progredindo rápido, porque sinto a presença dos muros, do fogo... como se um pressentimento crescesse dentro de mim.

Agarro a pedra pesada e a giro um pouquinho. O espaço permite que os animais passem um a um. Se um grego tentar passar entre eles, eu vou perceber.

Quero que esses homens sejam meus prisioneiros.

Quero castigá-los.

Um a um, os meus animais são atraídos pelo dia, pelo cheiro de folha – com certeza também pelo costume.

Coloco meus dedões entre cada carneiro que sai e o seguinte.

Nada mais.

Os gregos estão com medo de mim. Eles são uns covardes. Também saio e coloco a rocha no lugar. A caverna está fechada e meus prisioneiros não podem escapar. Vou ter o dia todo para escolher o castigo deles, principalmente o do líder, o famoso "Ninguém", o metido a espertinho.

Tudo está tranquilo na ilha. Como se esses intrusos jamais tivessem vindo. Como se eu fosse um ciclope entre outros.

Só que eu não sou mais um deles, pois meu olho virou um buraco que não recebe luz. Ainda tenho o cheiro da grama úmida e orvalhada, o queixume do meu rebanho, a brisa do mar que brinca no meu rosto. Ainda tenho a vida.

Escuto uma risada no ar quente. Uma risada?

Um dos meus irmãos está rindo de mim de novo? Não, eles riem de qualquer coisa, mas se me vissem tão machucado, acho que eles não achariam engraçado assim. Quero dizer, espero que a maldade deles não vá até aí.

Então...

Ah, não.

Um segundo riso, depois um terceiro, que se mistura ao primeiro, grave, sonoro, com ares de vitória.

São os gregos. Como eles escaparam? Será que existe uma saída secreta que eu não conheço? Será que eles têm o poder de voar ou de se tornarem imperceptíveis? Eu toquei cada um dos carneiros, cada espaço entre eles, não é possível!

— Não entendo.

Ninguém ou aquele que diz se chamar assim me responde, zombeteiro:

— E é bem simples.

Ele retoma depois de um novo coro de risos maldosos:

— Disse aos meus homens pra se esconderem na barriga das suas ovelhas. Eu me escondi debaixo do teu carneiro, me segurei com força no pelo dele e escapei. Não foi muito confortável... mas conseguimos. E agora estamos aqui fora.

Dou um grito.

— Eu ainda não terminei com vocês.

Ele retruca:

— Você comeu dois dos nossos. Então, nós também não terminamos com você.

Estico meu braço para pegá-lo, mas ele deve ter dado um passo para o lado, e minha mão pegou um arbusto. Eles se distanciam. Outra coisa se distancia ao mesmo tempo: o berro de algumas das minhas ovelhas.

Esse pesadelo ambulante continua me roubando! Os gregos fogem em direção ao rio. Em direção ao navio.

Devo fazer alguma coisa.

E rápido.

# Capítulo 8

Conheço cada palmo da minha ilha, mas nunca caminhei por ela deste jeito: sem luz, sem cores, sem formas. Na minha cabeça, ela é toda feita de cantos, ecos, barulhos, movimentações de ar. Correr para pegar os marinheiros não adianta nada. Escorrego numa pedrinha e caio no chão. Queria chorar, mas não consigo, nenhuma lágrima sai do meu olho, pois ele está queimado. Ainda estou nas alturas. Os gregos foram pelas encostas mais inclinadas que levam ao rio.

Quantos animais eles me roubaram? De repente, um grito me assusta.

Um grito de riso.

É a voz do chefe, ele está rindo da minha condição. Ele ri do que fez comigo. O que existe de humano nesse pequeno ser?

— Ciclope, qual é seu nome mesmo?

— Sou Polifemo, filho de Poseidon.

— E eu sou filho de Laerte, que era filho de Acrísio, que era filho de Zeus. Sou descendente do rei dos deuses. E vou te contar um segredo.

Fico em silêncio e espero.

— Meu nome não é "Ninguém". Tenho tantos apelidos! "O homem de mil truques"; "Criativo", e muitos outros. Meus pais me chamaram de Ulisses. Sou o rei da ilha de Ítaca, aonde meu navio vai me levar quando a gente sair dessa região.

— Ulisses... — apressa-o um de seus marinheiros, pegando-o pelo braço.

Mas o capitão se solta. Ele reflete por um tempo e sua voz ganha um tom de sonhador quando ele começa a dizer:

— Faz dez anos que a minha rainha Penélope me espera com meu filho Telêmaco. Ele já deve estar grande agora.

— Ulisses, cuidado — diz um outro marinheiro.

Então o capitão deles parece voltar para a realidade. Ele levanta os olhos em minha direção. Sinto seu olhar na minha pele.

Ah, ele parou de rir.

Estou de pé, entre o céu e a terra. Devo estar horrível, pois dá para ouvir as exclamações de baixo, misturadas com passos rápidos: os gregos estão correndo em direção ao navio.

Estou entre a raiva e a desesperança. Então era Ulisses. Ulisses que o oráculo previu. Um reizinho de nada, distante, descendente de Zeus, enquanto eu sou filho do rei dos mares.

Ulisses, o espertão. Será que podemos nos orgulhar da nossa esperteza quando ela faz mal aos outros?

Eu me curvo em direção à terra e me apoio nos pés e nos joelhos, estico minhas mãos em todas as direções. Chego até a me machucar nos arbustos espinhosos, mas não tem problema.

Encontrei o que estava procurando, uma rocha tão grande quanto minha cabeça. Em seguida, com um esforço enorme, tiro-a da terra. Eu a balanço no ar. Então, me aproximo da ponta da costa alta. Preciso jogá-la, sem cair, pois essa pedra deve esmagar o navio grego e seu pessoal. Ela com certeza é maior que o navio. Se meus animais escaparem, já será uma pequena alegria!

Durante o tempo que levo escolhendo minha arma, os marinheiros sobem a bordo. Ordens são dadas, os remos se organizam numa cadência maluca. Lanço a pedra com toda minha força em direção ao barulho.

Por um momento, tudo fica em suspenso. Então, um jato de espuma me diz que falhei, perdi meu alvo. Ah, com certeza eles estão encharcados, talvez o casco tenha alguns buracos, mas Ulisses escapou de mim.

Então, levanto a cabeça em direção ao céu e grito:

— Ó Poseidon, escute o grito de tristeza de seu filho. Você vai me abandonar? Você vai deixar que um homem roube o seu filho, o machuque e o desafie? É como se também estivessem desafiando você.

Em meu ouvido, ressoa uma voz raivosa vinda do mar:

— Ulisses vai pagar, meu filho. Eu ouvi o seu pedido. Você será vingado, e o retorno desse grego pra sua terra vai levar anos...

Ouso perguntar internamente:

— Pai, obrigado! O que você fará?

A intensidade de suas palavras me acalma:

— Vou pedir ajuda a Éolo, o deus do vento, um velho amigo. A brisa vai e não vai aonde ela quiser, e agora não irá mais em direção à ilha de Ítaca.

Dou uma gargalhada alta, selvagem e livre.

Sei que os gregos me escutam.

Eles devem estar me achando maluco, mas logo vão descobrir que não sou.

Quanto a Ulisses, com certeza a sua esperteza já lhe anunciou que sua vitória não vai durar muito tempo, e sua derrota durará anos.

Quanto a minha existência como pastor, ela continuará, aliviada de qualquer profecia, mas pesada por conta da tristeza na qual mergulhei.

# O mito do Ciclope

Agora que você entrou no universo do Polifemo, o ciclope, e de seus irmãos, seres que são conhecidos como bestas malvadas, talvez você queira saber mais um pouquinho sobre quem os inventou e qual é a sua história.

## O que é a mitologia?

Um mito é uma história sobre personagens extraordinários. Em sua origem, esses personagens não são heróis de lendas para crianças. Eles são vistos como deuses e deusas nos quais, um dia, as pessoas acreditaram, pois faziam parte de uma religião.

Na Grécia Antiga, há mais de dois mil anos, existiam templos dedicados a Zeus, Hera, Atena, Apolo... Também havia religiosos que honravam essas divindades, e jogos sagrados eram organizados em nome delas, como as Olimpíadas, dedicadas a Zeus.

## Quem são os ciclopes?

Em grego, a palavra ciclope significa "que fala muito" ou ainda "muito conhecido, renomado". Os ciclopes são gigantes. Eles são semideuses, filhos do deus do mar, Poseidon, e da ninfa Toosa. O único a ter uma história própria é Polifemo. Ele e

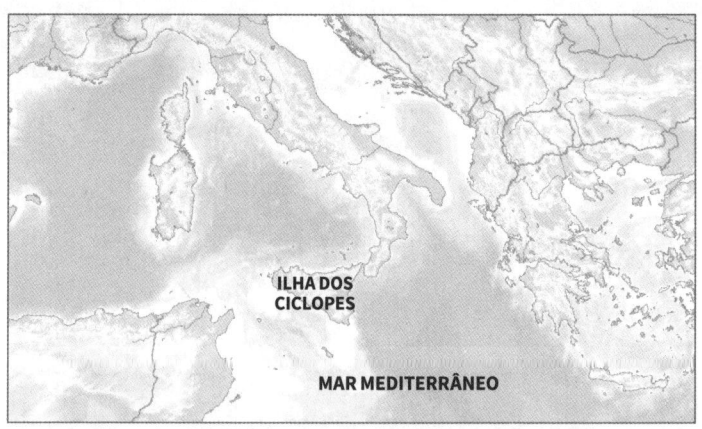

Mapa do Mediterrâneo onde se encontra a ilha dos ciclopes.

seus irmãos são pastores que comem carne crua. Moram numa ilha próxima à Sicília, no sul da Itália. Não são agricultores, a terra lhes fornece o que precisam graças às plantas que crescem livremente no solo fértil.

## Com o que os ciclopes se parecem?

Eles se parecem com seres humanos, mas são muito maiores. A particularidade física deles é ter um único olho para enxergar. De acordo com as representações (esculturas, pinturas), esse olho se situa no meio da testa, ou um pouquinho mais abaixo, perto do nariz. Além disso, às vezes, eles têm duas formas de olhos no mesmo lugar em que nós seres humanos temos, mas essas formas não se abrem e, portanto, não podem ver.

© Steven Lek – Cabeça de Polifemo, Roma, Itália.

## A viagem de Ulisses

O grego Ulisses volta da guerra de Troia como rei vitorioso. Ele passa dez anos cercando a cidade da Ásia Menor e mais dez em andanças para voltar a Ítaca, a ilha onde é rei. Os gregos não retornam ao mesmo tempo, pois estavam disputando a melhor data de partida. Os navios de Menelau e Nestor vão primeiro para o mar. Ulisses queria segui-los, mas, por conta de uma briga, acaba seguindo o navio de Agamêmnon, um pouco mais tarde. Eles são separados por uma tempestade. Por isso, Ulisses e seus marinheiros ficam isolados dos outros. Eles param no país dos cícones, onde roubam as riquezas e matam toda a população, menos um religioso de Apolo, Marão, e sua esposa e filho.

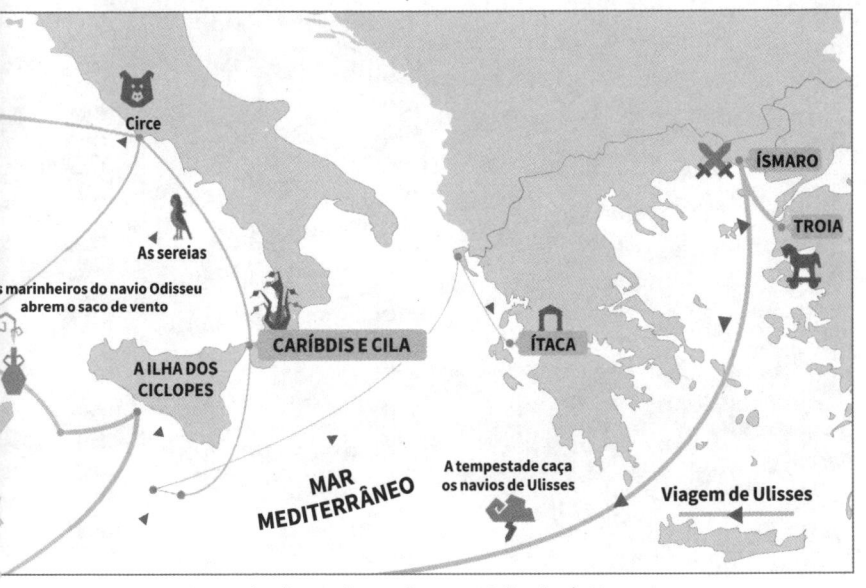

Viagem de Ulisses, de acordo com *A Odisseia*, de Homero.

Em agradecimento pela sua vida, Marão oferece aos gregos doze jarras do vinho delicioso que Ulisses utiliza mais tarde para enganar Polifemo. Em seguida, eles são bem acolhidos pelos lotófagos, que lhes oferecem uma bebida que faz perder a memória. Ulisses tem dificuldade em convencer seu pessoal de partir! Depois, pegam as cabras de uma ilha onde elas são numerosas. E, em seguida, fazem escala na ilha dos ciclopes.

© Colsu – Ulisses e sua taça de vinho oferecida a Polifemo, Vestíbulo de Polifemo, Villa Romana del Casale.

É mais tarde que Ulisses vai se encontrar com a feiticeira Circe, as sereias...

## Polifemo na *Odisseia*

Homero é o primeiro a falar dos ciclopes no seu longo poema dedicado ao retorno de Ulisses a sua ilha depois da guerra de Troia, *Odisseia* (século VIII a.C.). Nesse texto, no canto IX, é Ulisses que conta essa aventura em primeira pessoa, portanto, de seu ponto de vista. Ele apresenta Polifemo como um monstro sanguinário – nessa versão, seis gregos são engolidos por ele, e não dois. O ciclope seria uma espécie de selvagem, e não um "comedor de pão" civilizado como os gregos.

Claro que Ulisses não esconde o fato de que ele e seus doze homens entram na casa de Polifemo, sem autorização, e se servem como se estivessem em sua casa. Ele ainda espera que o senhor desse lugar lhe dê um presente. Ulisses implora a Zeus que o proteja de Polifemo. O ciclope, no entanto, não obedece a Zeus, mas a Poseidon, seu pai, seu protetor.

## Outras fontes

Outros autores antigos também escreveram ou continuaram essa história. Aqui estão algumas versões, em ordem cronológica:

**Eurípedes** escreveu em torno do ano 424 a.C. *O ciclope*, um drama satírico, gênero que está entre a comédia e a tragédia, e essa peça é o único exemplo completo do gênero que sobreviveu. Ela traz um coro para intervir. A história retoma o que foi contado em *Odisseia*, mas com algumas variantes.

Assim, Polifemo mora no pé do monte Etna; ele escravizou os sátiros, companheiros do deus Dionísio. Então, eles ficam ao lado de Ulisses e fogem com o rei em seu barco. É Ulisses, sozinho, que cega o ciclope, porque seus companheiros fingem estar doentes.

**Teócrito**, poeta grego nascido em Siracusa, na Sicília (nascido próximo ao ano 310 a.C. e morto próximo do ano 250 a.C.), mostra um outro lado de Polifemo num dos poemas de *Idílio*: o ciclope está apaixonado pela ninfa Galateia. Mas seu amor fica sem resposta e ele vagueia, com o coração partido.

No século I a.C., o poeta latino **Ovídio** conta os amores contrariados do ciclope no canto XIII de *Metamorfoses*. A ninfa Galateia está apaixonada pelo belo Ácis, mas Polifemo só consegue pensar nela. Ele canta seu amor acompanhado de uma flauta de cem juncos: "Ó Galateia, mais branca que a pérola do alfeneiro

© Kurt Wichmann – Estátua do poeta romano Ovídio em Constanta, Romênia.

nevado". Mas a bela continua não respondendo ao seu chamado. Com raiva, Polifemo esmaga Ácis com uma pedra. Galateia transforma o sangue de seu amado em água pura, na qual ela poderá se banhar para ficar sempre perto daquele que ama.

## Por que dar voz a Polifemo na história que escrevi?

O mito grego coloca Polifemo como um peão: um oráculo prevê que o destino, do qual ninguém, nem mesmo os deuses, pode escapar, vai fazer com que, um dia, ele se encontre com um tal de Ulisses, que vai lhe fazer muito mal. Claro, não há o que fazer.

Mas o que sente esse ser que tem como únicos defeitos ser gigante e ter apenas um olho, talvez ser um pouco feio, e só comer carne crua? Ele não rejeita a carne humana. No entanto, a menos que seja agredido, ele é um pastor tranquilo que cuida de seu rebanho e gosta de ficar sozinho.

© sailko – Ulisses cegando Polifemo – Reconstituição de um grupo monumental de mármore, gruta de Tibère, século I, Kunstig, Universidade de la Ruhr.

Seu retrato em *Odisseia* é feito a partir da boca de Ulisses. Este último tem o papel principal: ele vem se reabastecer, mas Zeus recomenda a hospitalidade. Ele conta que foi ameaçado pelo gigante e, por isso, defendeu a vida de seus homens.

Essa versão, sempre repetida, traz questionamentos.

Podemos entrar na casa de alguém, roubar e ainda exigir um presente? Podemos torturar nosso anfitrião e ainda cegá-lo porque ele não concordou com esses seres que invadiram sua casa?

Compreendemos que a história como é contada tradicionalmente, do ponto de vista do vencedor, é menos simples do que parece num primeiro momento.

## Outros ciclopes na mitologia grega

Polifemo e seus irmãos fazem parte da geração das crianças dos Olímpios, pois são filhos de Poseidon, um dos irmãos de Zeus.

Três outros ciclopes são citados entre os primeiros seres da história dos deuses gregos. Em seu longo poema chamado *A Teogonia*, que conta a genealogia das divindades gregas, o poeta grego Hesíodo (século VIII a.C.) conta a sucessão de diferentes gerações.

O objetivo é mostrar como Zeus se tornou o rei dos deuses no lugar de seu pai, Cronos, que havia roubado o lugar de seu pai, Urano.

No início do mundo, existia apenas o Caos. Depois, Gaia, a terra, dá à luz as montanhas, o mar e Urano, o céu estrelado. Gaia e ele se unem e dão à luz crianças extraordinárias, seis titãs e seis titânides, três hecatônquiros, ou centímanos, que têm, cada um, cem braços e cinquenta cabeças, e três ciclopes.

Esses ciclopes também têm um único olho. Eles são chamados de Brontes ("Tonitruante"), Estéropes ("Relampejante") e Arges ("Brilhante"). Urano, que tem medo de sua potência, aprisiona-os em Tártaro, região mais profunda dos infernos. Eles são libertos, depois aprisionados de novo por Cronos, quando este se torna o rei dos deuses no lugar de seu pai Urano.

Quando Zeus os libera novamente, os três ciclopes lhe fazem os raios, a tempestade e os relâmpagos em agradecimento. Graças a essas armas, Zeus ganha dos titãs, entre os quais estão seus pais, e se torna o novo rei dos deuses.

## Hipótese sobre as origens do mito dos ciclopes

Uma má-formação impressionante do cérebro e do rosto é chamada de ciclopia. Ela acomete poucos fetos humanos, e às vezes algumas espécies de animais (tubarão, cabra...); talvez o nascimento de pessoas com essa formação tenham dado lugar ao mito. Uma outra suposição é a descoberta, em Creta e na Sicília, de ossos de elefantes anões, que já haviam desaparecido. O buraco ósseo único, onde estaria a tromba, poderia ter feito imaginar os humanos gigantes com olho único.

Também existem lendas cretenses que fazem menção a gigantes de três olhos, sendo um deles localizado atrás da cabeça. Essa lenda faz parte do patrimônio de contos da Grécia do início do século XX. Talvez as duas tradições estejam ligadas.

# O futuro artístico do mito

© Jastrow – Corneille Van Clève – Polifemo sentado sobre uma rocha, 1681, Paris, Museu do Louvre.

A história de Polifemo inspirou e continua inspirando diversos artistas. Dois grandes temas são retratados: seu encontro desastroso com Ulisses e seus amores infelizes. Existem muitas obras gregas e romanas, e elas são retomadas, mais tarde, no Renascimento, inspirando artistas até hoje.

Podemos citar o afresco de Annibale Carracci (1560-1609) representando Polifemo jogando a pedra nos gregos em fuga; uma estátua de mármore de Corneille Van Clève, representando Polifemo sentado em sua rocha (apaixonado); uma escultura de Jean Tinguely (século XX)... e muitas outras obras.

# Conheça também

**Eu, o Minotauro** — Sylvie Baussier

## DESCUBRA AS MARAVILHAS DA MITOLOGIA GREGA... RECONTADA PELOS MONSTRINHOS!

### E se eles não fossem os vilões?

Olá! Eu me chamo Astério. Sou o príncipe de Creta, filho do famoso rei Minos. Vivo em um grande palácio, e meu berço é – literalmente! – de ouro.

Só que todo mundo foge de mim! E acabo de descobrir o motivo: sou um menino... com cabeça de touro! Por causa disso, todos me chamam de Minotauro... E agora?

Conheça minha história!

*Você já conhecia a versão dos feitos do grande herói Teseu. Chegou a hora de descobrir o que o Minotauro tem a dizer!*

# Conheça também

**Eu, Medusa** — Sylvie Baussier (Planeta Minotauro)

**DESCUBRA AS MARAVILHAS DA MITOLOGIA GREGA... RECONTADA PELOS MONSTRINHOS!**

**E se eles não fossem os vilões?**

Olá! Eu me chamo Medusa. Sou a netinha de duas divindades: Gaia, a Terra, e Ponto, o Oceano. Todo mundo dizia que eu era linda! Bastava que eu olhasse para um homem para que ele se jogasse aos meus pés.

Mas hoje em dia minha aparência é monstruosa, e uma olhadinha minha é suficiente para transformar em pedra qualquer um que cruze meu caminho... E agora?

Conheça minha história!

*Você já conhecia a versão do grande herói Perseu. Chegou a hora de descobrir o que a Medusa tem a dizer!*

**Acreditamos
nos livros**

Este livro foi composto em Source Sans Pro e impresso pela Gráfica Santa Marta para a Editora Planeta do Brasil em março de 2024.